Kocaman Şalgam
The Giant Turnip

Adapted by Henriette Barkow
Illustrated by Richard Johnson

Turkish translation by Kelâmi Dedezade

Bayan Honeywood'un sınıfında okuyan çocuklar her yıl okulun bahçesinde sebze ve meyva yetiştirirler.

Every year the children in Miss Honeywood's class grow some fruit and vegetables in the school garden.

İlkbaharın başlarında, çocuklar toprağı kazarak
ve tırmıklayarak hazırladılar.

In early spring the children prepared the ground by digging and raking the soil.

Daha sonra, yine ilkbaharda, buz tehlikesi
geçtikten sonra tohumları ektiler.

Later in the spring, when there was no danger of frost,
they planted the seeds.

Yazda çocuklar bitkileri besleyip suladılar.
Ve tüm yaban otlarını söktüler.

In the summer the children fed
and watered the plants.
And pulled out all the weeds.

Çocuklar yaz tatillerinden döndüklerinde sebze ve meyvaların büyüdüğünü gördüler.

When the children came back, after their summer holiday, they found that all the fruit and vegetables had grown.

Ama şalgamı görünce gözlerine inanamadılar!
Bir zürafadan daha uzun ve bir filden daha
genişti.

But when they saw the turnip, they could hardly
believe their eyes! It was taller than a giraffe,
and wider than an elephant.

Şoku atlattıktan sonra Bayan Honeywood sordu, "Şalgamı nasıl çıkartacaksınız?"

When Miss Honeywood had recovered from the shock, she asked, "How are we going to get the turnip out?"

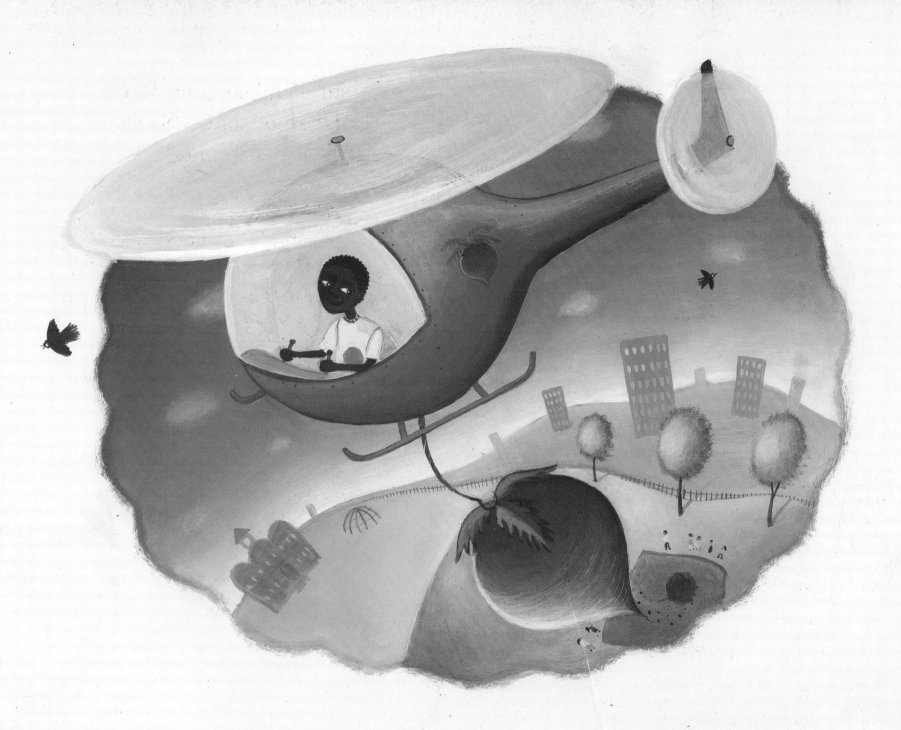

"Ben biliyorum," dedi Kieran, "Bir helikopterle çekerek çıkartabiliriz."

"I know, we could get a helicopter to pull it out," said Kieran.

"Veya bir vinçle onu kaldırabiliriz,"
diye önerdi Tarık.

"Or we could get a crane to lift it,"
suggested Tariq.

"Veya bir buldozer onu kazıp çıkartabiliriz," dedi Kate.

"Or a bulldozer to dig it up," said Kate.

"Bir iple bağlayıp hep birlikte çekebiliriz," diye önerdi Samira.
"Bu çok iyi bir fikir," dedi Bayan Honeywood. "Lee ve Michael,
siz gidip uzun ipi getirin."

"We could tie a rope around it and all pull together," suggested Samira.
"That's a good idea," said Miss Honeywood. "Lee and Michael, go and get the
long rope."

Aşırı büyüklükteki şalgamın etrafına çocuklar bir ip bağladılar. İpi önce erkekler tuttu. Tüm güçleriyle çektiler ve çektiler, ama hiçbirşey olmadı.

The children tied the rope around the enormous turnip. The boys grabbed the rope first. They pulled and pulled with all their strength but nothing happened.

"Biz erkeklerden daha güçlüyüz!" dedi kızlar ve ipi tuttular. Tüm güçleriyle çektiler ve çektiler, ama yine hiçbirşey olmadı.

"We're stronger than the boys!" shouted the girls and they grabbed the rope.
They pulled and pulled with all their strength but still the turnip would not move.

Bayan Honeywood, "Hep birlikte deneyelim,"
diye önerdi. "Üçe kadar saydıktan sonra..."
Çocuklar, "Bir, iki, üç!" diye haykırdılar ve hep
birlikte çektiler.

"Let's all try together," suggested Miss Honeywood. "On the count of three."
"One, two, three!" shouted the children and they all pulled together.

Ama şalgam yine kımıldamadı.

But the turnip still would not move.

Tam o sırada Larry geldi.
Tarık, "Larry!" diye haykırdı.
"Yardımına ihtiyacımız var!"
Larry sıranın arkasına koşup ipi
tuttu.
Çocuklar, "Bir, iki, üç!" diye
haykırarak hep birlikte ipi çektiler.

Just then Larry arrived.
"Larry!" shouted Tariq. "We need your help!"
Larry ran to the end of the line and grabbed
the rope.
"One, two, three!" shouted the children and
they all pulled together.

To Mum, Dad, Maggie & Ben
H.B.

For Sushila
R.J.

First published in 2001 by Mantra Lingua Ltd
Global House, 303 Ballards Lane
London N12 8NP
www.mantralingua.com

A CIP record for this book is available from the British Library